微光と煙

山田兼士

思潮社

微光と煙

山田兼士詩集

思潮社

目次

III

IV

V

題字＝谷川俊太郎

I

木曽路の詩人たち　二〇〇三年秋

大阪梅田高架下の「木曽路」に月に一度集まる詩人たちは、みな五十路の同級生（らしい）。読書会や合評会についやす「昼の部」はそこそこに、早くも「夜の部」が始まって小一時間ほど経った午後七時頃。路地を抜けて駆けつけたぼくはテンションを合わせるのにまず一苦労。熱燗の杯を手にまともな議論（らしきもの）を始めたものの、どうやら四人のうち三人はすっかりできあがっているらしいと気付き始めるのが七時半。ひとりは新聞社の鬼部長でひとりは住職でもうひとりは古書店経営者。残るひとりは素面で場を取り仕切る上品なマダム（職業不明）である。ひとりは居眠りしながら、ひとりは熱弁をふるいながら、もうひとりは同じことばを繰り返しながら、それでも詩の話は延々と続く。居眠りと熱弁と繰り返しとそれらを制御する秩序の組み合わせの中にはたしかに詩があることよなあ、と思いながらぼくは突然詩を書く決意をしたのでした。冥府の詩人たちに会いに行くために。

八尾の萩原朔太郎　一九三六年夏

昭和十一年八月二十一日。あなたは従兄の病気見舞いのため大阪八尾の萩原家を訪れたところだ。栄次さんは重篤。少年期から青年期にかけて心の支えであり文学上の師でもあったこの従兄がいなければ今の自分はなかった、とあなたは思う。医学の道を断念し、熊本、岡山、大阪、東京での六年もの浪人生活の末、失意のうちに帰郷した青春時の残像が次々と脳裏を走る（竹、竹、竹……）。あの頃、ドストエフスキーを教えてくれたのも栄次さんだった（一粒の麦もし死なずば……）。詩作の苦悩を訴えたのも、成功の予感を告げたのも、処女詩集の献辞を捧げたのも、すべて栄次さんに対してだった。彼は今もあなたを「朔ちゃん」と呼ぶ。

この時あなたは、すでに七冊の詩集をもつ堂々たる詩壇の人物。一昨年に出した詩集は、自他ともに一番弟子と認める詩人から手厳しい批評を受けたが、一方では新しい理解者をもたらした。昨年は初の小説を、この春には念願の定本詩集も出した。若い詩人たちに敬われ大手雑誌の「詩壇時評」の担当者でもある。最近、ある詩人があなたの「抒情精神」の脆さ危うさを批判する辛辣な評論を発表したが、なんら反論もせず見過ごすくらいの余裕はすでに生れている（数年後その詩人の不安は的中することになるのだが）。

先ほどあいさつに出た小学生は栄次さんの長男で八尾萩原医院の後継者。この少年が六十年以上も後に、あなたのマンドリン演奏のことや、親族皆でくり出した温泉旅行のことを書くことになる＊とは、あなたは夢にも思わない。「たいそう情感を籠めた弾きかた」と、少年が感じた楽曲は何？　酒が入ると時折弾いた古賀メロディの一節？（まぼろしの影を慕いて……）少年が目撃しそこねたという宴席で、あなたは従兄の病をしばし忘れることができたでしょうか。著名人としての自意識が少しは働いたのでしょうか。色紙などしたためて（広瀬川白く流れたり……）。つい先日、父の墓を訪れて「過失を父も許せかし」と歌ったあなたは、たしかに半世紀を生きてきた。「父よ　わが不幸を許せかし」とは「不孝」の誤り？　それとも本気で「わが不幸」を悔いていた？　「父は永遠に悲壮である」と書いたあなたは、亡父に自らを重ねていたのでしょうか。

　朔太郎さん。あなたが従兄を亡くし「文学界賞」を受け「詩歌懇話会」の役員となり「日本浪曼派」同人となるこの年のことを、ぼくはいずれ詳しく書きたいと思っています。残り少ない歳月の中であなたが最後にたどり着いた詩境（それは昭和十四年刊行の詩集『宿命』に示されることになるのですが）の出発点が、大阪八尾のこの夏にあるのではという、さして根拠のない直感にこだわってみたいと思うのです。この頃のあなたに特別な興味を抱くのはぼくだけではない、と思われてしかたがないのです。五十路のあなたはすでに（栄次さんと共に）冥府をさまよっていたのかもしれません。

＊萩原隆『朔太郎の背中』深夜叢書社

クリスタ長堀のポール・ヴェルレーヌ　一八九四／二〇〇三年秋

大阪の地下街に突然あらわれたパリのカフェでは、姿勢のいいギャルソンとあまり姿勢のよくない（たぶんアルバイトの）ギャルソンが、手慣れた手つきであるいはぎこちない手つきで、エスプレッソと現金を交換しています。偶然入ったこの店であなたを見かけるとは思ってもみなかった。ふと奥を見ると、そこにはあの見慣れたマフラー姿、禿頭髭面のあなたが、薄汚れたノートを開いていつものペンを手にしていました。時折渋面をつくりながらゆっくりしたペースで書き綴っているのは、どこかの出版社に頼まれた詩の一節？　あなたにはまだ書くべきことがあるのでしょうか。頼まれ仕事、と皆は言いますが、仕事を頼まれることは決して悪くない。詩が仕事であることもまた。

ポール。あなたの最新詩集は、あたかも最初の詩集と対をなすかのように、『冥府にて』と名付けられました。あなたが敬愛した詩人が一度は詩集の表題に考えた名詞を、今になって選んだのには訳があるのでしょうか。呪われた詩人、と、あなたは愛する人たちを呼ぶ。ポーヴル・レリアンとアナグラムで呼んだあなた自身をもあなたは愛することができたのでしょうか。「詩王」

という呼称があなたをどの位喜ばせたのかぼくにはわかりませんが、「冥府」に住む「詩王」とはまさに呪われた詩人の晩年（残念ながらあなたの余命は長くない）にふさわしい。いつかあなたの栄光に満ちた敗残の日々の作品をこの国の人々に伝えたいと願っているのはぼくだけでしょうか。「秋の日のヴィオロンの」や「巷に雨の降るごとく」といった感傷的なメロディではない「冥府」の呟きを、あるいは叫びを、この時代のこの国の人々に聞かせたい、と願っているのはぼくだけでしょうか。

そんな思いに駆られているうちに、あなたに声をかけるのをすっかり忘れていました。おかま帽子をかぶって足を引きずりながら店を出る姿を見たのは、ちょうどぼくのエスプレッソが運ばれてきたのと同時です。あわてて小銭を探っている間にふと、三十歳で死んだこの国の詩人が頭に浮かんだのです。「雨は　今宵も　昔　ながらに、／昔　ながらの　唄を　うたつてる。／だらだら　だらだら　しつこい　程だ。」五十路を迎えたあなたと三十路前の彼がぼくの中でぴったり重なりました。雨の唄をうたいながら路地をとぼとぼ歩く姿こそあなたにふさわしい。「夜更の雨」をうたったあの青年にもまた。彼もまた、その時すでに早すぎる晩年を迎えていたわけですが。

地下街のこのカフェはパリのそれに似ていますが、外に出ても路地はありません。冷たい雨に降られることも風に吹かれることもありません。人工の光に照らされ空調を施された、ひとまず快適といえる空間です。心斎橋方面にゆっくり向かうあなたの後ろ姿を見たぼくは「さてこの路次を　抜けさへ　したらば、／抜けさへ　したらと　ほのかな　のぞみだ……」と口ずさみつつ、あなたを追いかけたのでした。今も冥府に住み続けている（かもしれない）詩人たちのところへ導いてもらうために。どこにもない路地をたどって梅田の裏街へと。

II

空間の音楽　一八六一年三月、パリ・オペラ座

　ＪＲ大阪城公園駅からいずみホールに行くためには川を渡らなければならない。開始時刻まで五分。ぼくは右手にチケットを握り、左手に持った傘を風の来る方に傾ける。橋の中ほどでふと斜め後ろをふり返ると、城が突然光に包まれる。城から聞えてくるのは「タンホイザー」の序曲だ。冷たい霙の中でパリの詩人もまた、この調べに耳を傾けたのだろうか。

　冷たい霙の中で、フロックコートに身をかためた詩人は足早に橋を渡ろうとしている。セーヌの川風が身にしみる。右岸へ渡るためには北風を正面から受けなければならない。襟を立ててステッキを持った左手で帽子をおさえ、うつむき加減に足を速めると、右手の方からいつもの鐘の音が聞こえてくる。ノートルダム大聖堂のカリヨンだ。《たくましい喉をもつ鐘……》ずいぶん前に書いたソネットがうかぶ……《だが私の魂はひび割れて……》。聖堂は城でないので光に包まれることはない。

　魂はひび割れて……だが、詩人はいつになくほがらかな気分で鐘の音に耳を傾ける。風にまぎれてまるでフルートのように聞こえるからか……《長いこだまが遠くから溶け合うように……》

それとも今から聴く音楽を思うからか。《ライン川の向こう岸》から来た作曲家がセーヌ川の向こう岸でのリハーサルに招いてくれたのだ。一年前イタリア座で聴いた「タンホイザー」序曲が甦る。《この音楽は私の音楽だという気がしたのです》と、詩人は書き送った。美しい曲への敬意と賞賛をこめて。

《ウェーバーとベートーヴェンの美しい曲をいくつか聴いただけ》と書いたのも謙遜ではない。画家とのつきあいはあるが、音楽家との交際はない。敬愛する画家のサロンに出入りしていたポーランド人ピアニストともついに話す機会がなかった。《深淵の恐怖の上を軽やかに飛びまわる……ショパンの音楽》と書いたのは画家をたたえるためだったが、音楽が詩人にとって空間に、それも垂直軸の空間に結びついていたことはまちがいない。「タンホイザー」の序曲がまた甦る。天上を求める《巡礼の歌》と深淵を描き出す《逸楽の歌》。身体感覚をけた違いに増幅し拡張する魔術こそが音楽の魅惑なのだろう。だからこそ、かたくななまでに音楽を遠ざけることで詩の音楽を求め続けてきた。《音楽は海のように私を捉える！》と書いたこともある。

音楽は海のように私を捉える……開始時刻まで五分。作曲家がリハーサルを遅らせることはないだろう。途中からになるのはしかたがないが、あの壮麗な序曲だけは聴き逃したくない。友人のサロンで聴くピアノ編曲のそれではなく、大オーケストラで一年ぶりに体験するはずの《奇蹟的に美しい大建築》を脳裏にうかべながら、詩人はリューマチの足を引きずって走り出す。カリヨンが《巡礼の歌》に聞こえ川を渡る風が《逸楽の歌》に聞こえる。ぼくの耳にもまた。旋律を右手でふりはらうようにしながら橋を渡り終える。雨は降っていない。城ももう見えない。ホールはすぐそこだ。

オペラ座はすぐそこだ。四年前に出した詩集は「風俗紊乱」の科で六篇を削除されたが、新作を加えた決定版を刊行したばかりの詩人はようやく音楽の呪縛から解き放たれようとしている。詩が音楽から逃れようとすればするほど、詩人にとって音楽は宿命となる。《律動も脚韻もなく音楽的な……詩的散文の奇蹟》の模索はもう始まっている。音楽を時間の芸術としてではなく堅牢に構築された空間の芸術としてとらえること……《音楽は天空を穿つ》……空間の音楽を認識するだけでなく感知すること……《考えられる最後の限界まで拡がった空間の感覚》を実感すること。きっかけはすでにつかんでいた。今日はその確信を得たい。ホールに入る。どこをどう通ったのかもさだかでないままに階段を駆け上がる。重い扉の前に出る。弦の音がかすかに聞こえる。扉を押しあける。

……扉を押しあける。ちがう。いつもの感触ではない。時の扉？　そうかもしれない……扉を両手で思いきり押しあける。沈黙が押し寄せる。長身長髪の男の背中が目にとびこむ。いままさにタクトを振り下ろすところだ。静かに最初の管が鳴り始める。上昇する旋律が、空間を、押し開いていく。天上の方へ、深淵の方へ、少しずつ、少しずつ。

＊《　》内はすべてシャルル・ボードレール（一八二一―一八六七）のテキストからの引用（山田兼士訳）。

微光と煙　東京・モンペリエ・パリ

二〇〇五年初夏。東京出張中にモンペリエ・ファーブル美術館展が行われていることを知ったぼくは、空き時間を利用して新宿西口にやってきた。日曜で人影もまばらなオフィス街を五分ほど歩いて四十二階建てのビルに入る。エレベーターで最上階へ。詩人が愛した《空の高み》だ。都心のパノラマを横目に、目当ての作品へと足を運ぶ。二十九歳のクールベが描いた「ボードレールの肖像」。

――詩人は毎日姿を変えるし、刻々表情が変わるから、描き難くて仕方がない。

と、画家はこぼしたという。結局、読書にふける姿が一番描きやすかったということか。長時間おとなしくさせるためにはパイプも必要だっただろう。ガウン姿でくつろぐ二十七歳の詩人を柔らかい光が照らし、パイプからは仄白い煙が立ち上っている。展示室は禁煙だが詩人は意に介さない様子。ただ、いくぶん明るすぎる照明には心もち顔をしかめている（ように見える）。

一九八四年真夏。ファーブル美術館は街の中心コメディ広場から遊歩道を五分ほど歩いたところにあった。南仏の溢れる陽光の中、石造りの古い建造物に入る。二階のグランドギャラリーでぼくはその絵を見つけた。天井のガラス窓から溢れる光が眩しい。強烈すぎる光が嫌いな詩人は、絵の中で少々居心地悪そうにうつむいている(ように見える)。パイプからは仄白い煙が立ち上っている。《私の口から立ち上る／身軽な青い網の目に／魂を抱き優しく揺する》と書いたのはいつだったか。私、とはパイプのこと。読者に向かって《あなたは自分が気化していくと感じ、自分のパイプにあなたをふかすという奇妙な能力があることを認めるようになるだろう》と書いたこともある。その時、詩人は微光の中を煙となって漂う快楽にふけっていたのかもしれない。その至福の時間を、画家は絵の中に封じ込めた。たとえ今は眩しすぎる陽光に照らされているにしても。

一八四八年冬のパリ。画家のアトリエでポーズを取るのに飽きた詩人は、パイプに火をつけて本を読み始めている。髭は剃ったばかりだし散髪もしたのに、クールべのやつ何が気に入らないんだか。

――このポーズで描いてくれ。

寝泊りさせてもらう代わりにモデルを引き受けたのは三日前のこと。画家のガウンを借りてスカーフも巻いた。あとはパイプをふかしながら読みかけの本に集中するだけ……身軽な青い網の目に魂を抱かれて……。一時間も辛抱すればデッサンぐらい完成するだろう。その先は画家の記憶力と想像力にまかせればいい。昨日ためした写真よりはましな姿が見られるはずだ。少なくとも、いま、画家は動いている、働いている。写真家は動かない、つまり働かない。詩人の精神さえこんなに休みなく働いているというのに。パイプにふかされながら……。

東京／モンペリエの美術館の建物から出たぼくは、木陰に入って煙草をふかしてみる。初夏／真夏の木漏れ日の中を灰白い煙が立ち上っている。詩人の肖像には微光と煙がふさわしい。買ったばかりの絵葉書を取り出して、そっと煙を吹きつける。詩人が静かに微笑む（ように見える）。

ぼくはあなたを書きたいと、この時はじめて思ったのだ。

＊《 》内はボードレールからの引用（山田兼士訳）。「微光と煙」は後に『パリの憂愁』と呼ばれる散文詩集表題原案の一つ。

微光と煙、また

二〇〇五年秋。大阪天王寺にモンペリエ・ファーブル美術館展がやって来た。半年前に東京新宿ビル四十二階の美術館で見た詩人の肖像画をもう一度見ようと、ぼくは駅を出たところだ。美術館に行くには阿倍野橋を渡らなければならない。橋、といっても川があるわけではない。何条もの線路が走る谷間にかかる橋だ。詩人が歩いたセーヌの橋とはまるでちがう。湯沸かし器が転がっていたりして。西に傾いた太陽の方に走り去る列車を横目で見ながら、橋を渡って天王寺公園の入り口に着く。

チケットを示して有料ゲートを抜けると「フェルメールの小径」がある。フェルメール展の時に造られた通路だが、要するに偏狭な近道にすぎない（迷路みたいな）。本当は噴水のある公園内を抜けて行くのが好きなのだが、時間を気にしてつい近道を選んでしまう。日本庭園の片隅を過って美術館の表にまわると、石造りの玄関が目に入る。東京の美術館とは対照的に、かなり古い建物だ。十九世紀半ばあたりまでの絵画には、こちらの方がふさわしい。どことなくモンペリエの美術館と似ている。

目当ての肖像画は、会場の中ほど、陽の射さない一画にあった。照明もかなり暗い。明るすぎた東京の美術館で居心地悪そうにしていた詩人が、ここではゆったり寛いでいるように見える。ガウン姿でネッカチーフを巻きパイプをくわえて（館内禁煙）読書するおなじみのポーズで。ソファに置かれた左手にだけは力がこめられているが、これは詩人の意志を暗示しているのだろうか。

美術批評家でもある詩人は、これより十年ほど後に、天才的な肖像画家にのみ許される「ロマネスクな要素」について「軽やかで空気のような背景、詩的な家具、ぐったりした姿勢、大胆な態度、等々」と書いている。パイプ、本、ソファ、机、ペン立て……いずれも詩人の内面を暗示するロマネスクな要素といえるだろう。もっとも、ここに描かれた机とソファが「詩的な家具」かどうかは疑問だ。これより更に数年後、詩人は理想の家具を、

《家具はみな、長々と伸びて、ぐったりと横たわり、物憂げな様子をしている。家具たちは夢を見ているようだ。植物や鉱物のように、夢遊病的な生命を与えられている、とでもいえばいいだろうか。織物たちは沈黙の言語を話している、まるで花のように、天空のように、落日のように。》

と、書くことになる。理想的な部屋の理想的な家具たちだ。クールベにここまで期待するのは無理だった。たとえばコローなら……詩的風景画の数々が脳裏に浮かぶ……あの手法で肖像画を描いてくれるなら……《夢想にも似た部屋、本当に霊的な部屋》にくつろぐ姿を思い描いてみる。《そこでは澱んだ空気が淡く薔薇色と青色に染まっている。／魂はそこで、悔恨と欲望に風味

付けられた怠惰に湯浴みする。――それは何か黄昏めいて、青みがかり薔薇色がかったもの、日蝕の間の悦楽の夢ともいうべきものだ。》

このような部屋には煙がふさわしい。パイプの口から立ち昇るごく微かな芳香を伴った煙が。自分自身が気化して宙を漂うような感覚をもたらしてくれる、阿片とハシシュの代替物であるあの煙。

《この上なく繊細に選定されたごく微量の芳香が、ほんの僅かな湿り気に混じってこの大気の中を漂い、そこでまどろむ精神は、温室さながらの感覚にうっとり揺られている。》

目の前の絵にもう一つの絵を重ねて、二重の肖像画を思い描いてみる。例えばコローの「青衣の婦人」の背景にクールベの「ボードレールの肖像」を重ねて。

外に出ると陽はすっかり傾いて、通天閣の後ろに今にも消え入りそう。薔薇色と青色のネオンサインを一瞥してから、前を歩く男の背中をぼんやり見ていると、白い煙がゆるやかに流れてくる（構内禁煙）。湿った芳香がかすかに漂ってくる。いくぶん脚を引き摺ってフェルメールの小径に向かうその人物は、見慣れた例のガウンを纏ってネッカチーフを巻いている。ぼくは足を速めて後を追う。庭園の片隅を抜けて。偏狭な迷路を抜けて川に出て、橋を渡ってパリの路地へと。

＊《　》内はボードレールの散文詩「二重の部屋」からの引用（山田兼士訳）。

犬と口笛　一八六五年七月十五日深夜、ブリュッセル

パリを出た汽車は約六時間でブリュッセルに着く。詩人が駅に下りたのは日付が変わる時刻。今頃やつらが馬鹿騒ぎをしているはずはない、と思ったのは誤りだった。夏の週末、この時間は喧騒のまっただ中だ。書きかけのソネットが頭に浮ぶ。

かつてないほど奇態な民族
ベルギー人は美の前に立って
目をまるくして小さく唸って
人の楽しみにやつらは傷つく

つい最近、手帳には「ベルギー人は、愚かな鳥のように口笛を吹く国民である」と書いた。今もあの野蛮な「口笛の一撃」が鳴り響いたばかり。「秩序と美、豊かさ、静けさそして悦び」を求める詩人にとって、理想的とは言えない環境だ。ソネットは、

愉快な言葉に目は暗く曇り
フライにされたさかなの目さながら
いい話には大笑いしながら
理解のほどを見せているつもり

と続くのだった。この詩が完成したら全ベルギー人、否、すべての現代人への強烈な痛罵になるはずだ……一篇の詩の起爆力を未だ信じている自分はおかしいのだろうか。

猫好きの詩人は、近ごろふえた野良犬を嫌悪の目で見ながら、思いにふける。持病に悩み、借金に追われ、出版もうまくいかず、起死回生を狙ったベルギー滞在も、十五ヶ月になろうというのに、相変わらず状況は最悪。二十六年間の作家生活で稼いだ総額は一万五千八百九十二フラン六十サンチーム……一日あたり一フラン七十サンチーム！　ランチ代にも足りない。最近はユゴーやゴーチエに嫉妬まで覚える有り様だ。

群集がたむろする街角にさしかかる。ホテルへの近道なのだ。「口笛を吹き、わけもなく爆笑する国民」であふれた一帯、「犬たちだけが生き生きしている」地域でもある。「パリよりはるかに騒々しいブリュッセル」……そう、この都市こそアメリカ、「世界の外」、この都市こそ現代、「世界の終り」なのだ。呪詛はまだまだ続く……惨めで哀れな国民、歌にならない口笛、不潔で醜悪な、ごろつきの犬……畜生！　だが。よく見ると、彼らはみな憂愁の犬ではないか。

亡霊みたいに光を嫌うやつら
夜空の静かな光の下で
奇妙な悩みに苦しみ病んで

ちがう。これは自分が考えていた罵詈雑言ではない。浮んだばかりの詩句を手帳に書き留める。真夏の月が、不潔な街路をほのかに照している。憂愁の犬どもはといえば、

泥とゲロとにまみれた場所で
ジンとビールをほおばりながら
月に吠えるのだ、すわりこみながら。

月に吠える犬は詩人の似姿だろうか。それとも現代人の？「善良な犬」に生れ変われることを祈りつつ、深夜の安宿へと重い足を運ぶ。犬と口笛に付纏われながら。付添われながら。

*ソネット「ベルギー人と月」ほか引用はすべてボードレール（山田兼士訳）。

オーニタをさがしてボードレールに遭う

パソコンを立ち上げて古いフォルダをかたっぱしから開いていいます。十年以上前に書いた「オーニタ・ダンス・メランコリー」をさがして。ないなあ。あれはパソコン以前だったかな。長い間放置したままのフロッピーに手をのばします。ワープロからパソコンに切り替えた時に変換しておいたもの。手当たり次第ドライブに差し込んでみますが、「オーニタ」は見つかりません。検索をかけて「オーニタ」と打ち込みますが、やはり「オーニタ」は出てきません。再び手当たり次第に「オーニタ」をさがしているうちに、「ボードレール」と題したファイルに遭遇。なんだこれ……ダブルクリック。見慣れない詩（らしきもの）が立ち上がる。なんだこれ。とにかく読んでみることにします。

シャルル・ボードレールのもう一つの墓

芸術の理想を歌いながら

都市の憂愁を語らずにいられなかった
明晰な誰何の詩人
シャルル・ボードレール
モンパルナスに眠るあなたは
いまも母と義父の傍らで異邦人のままでしょうか

それとも
シャルモワが造った記念碑の
（あまり評判のよくない悪霊めいた像ですが）
頭上二十メートルあたりの空間から
道行く人に視線の矢を放ったりしているのでしょうか
吸血鬼の姿勢で街を見下ろしていた頃のままに

豪奢と静寂と悦楽の猫に憧れながら
健気なだけの犬にすぎないことに気付いてしまった
執拗な誰何の詩人
悪霊像の上空を逍遥するあなたは
（あまりに『悪の華』めいた像ですが）

今も血染めの落日を歌い続けているのでしょうか

それとも
パリから遠く離れた異郷の
たとえばここ、東アジアの辺境都市の片隅で
地上二十メートルあたりに寓居する詩人たちに
ルナティックな眼差しを送り続けているのでしょうか
緑の人々に呼びかけていた頃のままに

病める花々を両腕に抱えながら
日々の糧を求めずにいられない
曖昧なあなたの子孫たちが歌う旋律は
たとえばこの辺境都市にこだまする騒音のさなかにも
(あまりにも『パリの憂愁』めいた不協和音ですが)
シャルル・ボードレールの響きを残してはいないでしょうか

なんだこれ……題名からしてマラルメのパクリじゃないか。と、思いつつ、日頃の習慣で、つい添削してしまいました。右に挙げたのは添削後のもの。少しは読めるものになったでしょうか。

第四連の最後「緑の人々」だけは意味がわかりません（なんだこれ）。それにしても、エンディングはもう一つですね。最後の三行、ぼくならこうします。

たとえば深夜のペットカフェに集う女たち（と犬たち）の間に
（あまりに「哀れなベルギー」によく似た風景ですが）
シャルル・ボードレールのもう一つの墓をうち立てているのです。

と、書いた瞬間に、思い出しました。十年前に書いてそのまま放置していたぼくの「作品」です。どこかの雑誌に出したのがボツになって（「オーニタ」は載ったのにね）、その後、詩を書かなくなってすっかり忘れていました。

――十年前に戻ってやりなおさないとな。オーニタもさがさないと。

と、呟きながら、ぼくはプリンタを立ち上げたのでした。

マリ・イン・ザ・シティ

一八五五年秋のパリ。三十四歳になったシャルル・ボードレールは、劇場を後にして駅に向かっている。三年前にできたリヨン駅。南仏から馬車を乗り継いでリヨンから汽車に乗った（はずの）マリ・ドーブランがもうすぐ着くはずだ。ニースでの公演はまずまずだった、との手紙が届いたのは数日前。

近くオデオン座で上演されるジョルジュ・サンドの芝居にマリを出演させるべく、さまざまな手を尽くした。劇場支配人はもちろんのこと、苦手なサンドにまで懇願の手紙を書いて。結局、狙っていた役は別の女優に決まったことを、先ほど知ったばかりだ。自分の無力さが不甲斐ない。

マリ・ドーブランは自分より七歳若い二十七歳。知り合った時の自分と同じ歳になる。舞台での栄光をひたすら（というほどでもないが）夢みる中堅女優、といったところ。何よりも豊かな金髪と緑色の眼に魅惑された詩人は、つい最近、「両世界評論」誌に載せたばかりの詩の中にこう書いた。

愛し子よ　妹よ
　ふと浮かぶ　楽しさよ
そこで一緒に　暮らせるのなら
　好きなだけ　愛し合い
　愛しつつ　死んでもいい
きみによく似た　その国でなら！

「旅への誘い」。自分らしくない、五音と七音を組み合わせた歌謡調の詩だ。まるでピエール・デュポンみたいな……詩というより歌だな……今度ピエールに作曲を頼んでみようか……もしかしてカルチェラタンのカフェあたりでヒットするかも……などと、気楽なことを考えている場合ではない。マリの面影が浮かぶ。

　潤んでる　太陽は
　曇天に　光っては
わが精神を　魅惑するよう
　それはまた　不思議にも
　きみの眼が　図らずも
涙を透かし　輝くかのよう

南方の陽光ではなく、北方の微光こそがマリの緑の眼に似合うはず。オランダに住もう。ロッテルダムがいい。その国で生活を共にする女性はマリしかいない。荒んだ生活を精算する最大のチャンスなのだ。リフレインを口遊む。

そこではすべてが　秩序と美
豊かさ　静けさ　そして悦び

すべてうまくいくだろう。オランダの画家が描いた町の情景を思い浮かべてみる。ルーヴルで見た絵だ。海と運河と野原と船。マリはあの男と別れて付いてきてくれるだろう。きっと。

　ほらごらん　あの運河
　眠ってる　船たちが
さすらう心　そっと抱いてる
　ほらきみを　満たすため
　わずかでも　満たすため
世界の果てから　船たちは来る

思いに耽るうちに汽車が到着する時刻を過ぎてしまった。足を速める。ステッキが重く感じられる。足も少し痛い。馬車で来るべきだったか。だが、駅はすぐそこだ。その角を曲がれば。山高帽の見慣れた顔が目に入る。馬車を背に、駅から出てきた金髪の婦人に恭しく礼をしているのは、友人のテオドール・バンヴィルだ。以前ニースでマリと一緒に暮らしていた男。

マリはようやくパリに到着したことが嬉しくて仕方がない。ニースも都会だが、何といってもパリには敵わない。パリこそが私の舞台。私の人生。あの人はそれを分かってくれる。たとえ今は病気でも。体はいつか治るのだから。それに病人はきらいじゃない。ニースを発つ前に届けられた雑誌に載った一篇の詩を思い浮かべる。あの人の友達、奇妙な詩人の作品だ。

　沈む陽の　残光が
　染めていく　野や運河
町全体を　染めあげていく、
　紫に　金色に
　世界中　眠りこみ
熱い光に　包まれていく！

たしかに魅力的ではある。だが、とマリは思う。きっとこんな風景には一週間で厭きてしまうわ。それより私には都会が合っている。この奇妙な人も都市の詩人を任じていたのじゃなかったかしら。それを今さらオランダなんて。変な好みだけど、私、病人は好き。でも、シャルルのように心を病んでいる人は嫌。それにジャンヌとかいうあの女。黒いヴィーナスだかなんだか知らないけど、まだ一緒に暮らしてるらしい。いつでも別れるなんて彼は言うけど、別れてから言ってほしいものだわ。財力も体力もないのにコトバだけ達者なんだから。私はただひとりの女として愛されたい。いま手を振って出迎えてくれる人、病をおして迎えにきてくれた人に。パリでの新生活は今までと違った秩序と美のあるものになるでしょう。きっと。

ふたりは手をとりあい馬車に乗り込むところだ。木陰にたたずむ男の影がかすかに揺れる。馬車が静かに走り出す。影は動かない。その場に凍りついたように。風景の一部と化したかのように。リフレインがこだまする。……そこではすべてが……秩序と美……豊かさ……静けさ……そして悦び……。

影は静かに動き出す。黒いヴィーナスの方、彼の宿命の方へ。

＊引用はボードレール「旅への誘い」（山田兼士訳）。

III

マリ・オン・ザ・ブリッジ

一九〇七年パリ。二十七歳のギヨーム・アポリネールは、マリ・ローランサンに会うために橋を渡っている。彼が「小さな太陽」と呼ぶ、いくぶん浅黒く茶目っ気のある、陽気な画家の卵だ。気のいいギヨームには女友達は大勢いるものの、なぜか恋人に恵まれない。今度の恋も……不吉な予感を振り払うように足を速める。マリが向こう岸からやって来る。歌のような詩の一節が浮かぶ。

手に手を取り　見つめ合おうよ
　二人の
　腕の橋の下の
疲れ果てた　永遠《とわ》の波よ……

阿倍野橋はミラボー橋ではないので下にセーヌは流れていない。永遠の波の代わりに谷底を流れるのは、行き交う列車に乗り込んだ大勢の人波だ。腕時計を見る。午後十一時半。平日のこの時刻、疲れ果てた波であることにちがいはない。金網越しにテールランプを眺めているうちに、近くの信号が青に変わる。タクシーを止めなくちゃ。車道側に向かおうとして炊飯器に（？）つまずく。

ここはミラボー　忘れ得ぬ
　二人の
　恋を映すセーヌ
きみの姿　もう見えぬ……

一九一二年パリ。マリに捨てられたギヨームは、いつになく感傷的な詩を書かずにいられない気分でミラボー橋にやって来た。遠くに見えるエッフェル塔がマリの姿に重なる。――八頭身だしな。五年前につくった詩の続きを考えている。――詩というより歌だな。これが一番で、昔つくったのが二番。で、リフレインは――

　鐘よ鳴れ　日々は
　過ぎ去り　ぼくひとり

かすかにブレーキを鳴らして車が止まる。「小さな太陽」の痩せた背を押してタクシーに乗り込ませる。マリは行き先を告げてからぼくの方を振り返る。――気をつけて。運転手の人相をバックミラーで確かめて少し安心する。こんなことが今まで何度あっただろう。そろそろなんとかしなくちゃ。軽く手を振って車から離れる。発車する。もう振り返らない。阿倍野橋の下を列車が流れ続けている。人波もまた。最近訳したばかりの歌を口遊む。

流れる恋も　水になって
　流れる
人生気怠くて
望みだけが　烈しくて……

一九一三年ノルマンディ地方。友人の尽力でギヨームはマリに再会する。和解のために？　そもそも諍いなどなかった。諍いがなければ和解もないだろう。「やさしいゼウス」などと呼ばれていい気になっていた自分がなさけない。なぜか自分は愛されない男なのだ。この再会も無駄に終わるだろう。海岸沿いの遊歩道。荒れた波を前にして、例の歌の最後を口遊む。

日々は過ぎて　戻り得ぬ
　二人の
恋が消えたセーヌ

ここはミラボー　忘れ得ぬ……

なぜか今夜は人波が荒れているような……週末だから？　遠くに見える通天閣がマリの姿に重なる。――五頭身だしな。炊飯器は、今日は、ない。阿倍野橋を渡りきると巨大な陸橋だ。七箇所から集まる群衆を別々の駅へと振り分けている。最終列車に間に合うことをケイタイの画面で確かめる。陸橋の下の阿倍野橋の更に下を、相変わらず列車の波が流れている。つくったばかりの替え歌を口遊む。

……二人の
恋が消えた線路
ここは阿倍野　忘れ得ぬ……

替え歌も訳詩も歌ではない。――自分の歌をつくらないとな……。深夜の陸橋を渡って駅へと足を速める。ミラボー橋も阿倍野橋もなくなりはしない。たとえ無数の出会いと別れがあったとしても。もう振り返らない。歌をつくるためには、まず、生還しなければならない。駅はすぐそこだ。

＊「ミラボー橋」の引用は山田兼士訳。

精霊ホテルあるいは詩人の部屋

ボードレール／ロートレアモン／リルケ

一八四三年秋、青年はサン＝ルイ島に住んでいる。十七世紀に建てられたオテル・ピモダンの屋根裏部屋が彼の聖域だ。壁は全面、赤と黒。「アルジェの女たち」のレプリカが赤と緑のハーモニーを奏でている。ただ一つの窓は、最上段以外すべて磨りガラス。「空しか見えないように」するためだ。流行の黒衣に身を包んだ青年は、流れ行く雲に目をやりながら、南洋旅行の残像を詩句に凍り付かせようと、机の前でペンを握っている。突然、彼は立ち上がり、窓ガラスを打ち砕く。そこには「緑と赤で塗られた居酒屋があって、その色彩は私の目にとって快い痛みだった」(「一八四六年のサロン」)。彼は街に出る。都市の詩人が誕生したのだ。

一八六一年冬、四十歳になった詩人は、アムステルダム街、オテル・ド・ディエップ六階の小部屋から、出現したばかりの未知なる海——新奇と驚異に満ちた現代都市——へと、新たに旅立とうとしている。「おぞましい生！　おぞましい都市！」(「午前一時に」)を何より愛する詩人は、深夜の静寂の中でひとり異端の祈りをあげ、「数行の美しい詩句を生み出す」(同)べく最後の航海に出る決意を固める。この旅が青春期の南洋旅行にも増して危険で困難なことを、彼はよく知っている。街角のいたるところで出会う魔物や怪物たち……都市は大洋、部屋は港だ。彼が書く憂愁の／散文詩は、人間たちの海を最初に描いた航海日誌になるだろう。

一八六七年秋、大西洋を渡ってきたモンテビデオの青年は、モンマルトル大通りのホテルに居を定めた。「名声を熱望する一人の青年」(『マルドロールの歌』)は、六階の部屋で机に向かい、深夜の静寂の中で「何物とも知れぬ微かな音」(同)を聞く。蚊の羽音ほどの小さなそのささやきは、やがて明確なシラブルをもつ声になり、青年の耳元に語りかけてくる……「マルドロール！」この時、青年に啓示を与えた声は、先刻逝ったばかりの詩人の亡霊のものだったにちがいない。「壮麗ホテル」を建設する天才少年ではなく、「精霊ホテル」を出てヴィヴィエンヌ街を徘徊する異邦人こそが、憂愁の／精霊にふさわしい。

一九〇二年、放浪の末にパリにやって来たプラハ生まれの青年は、パリの灰色の午後、いつ果てるとも知れぬ自問自答を執拗に繰り返している。彼もまた、パリの／憂愁の／精霊に取り憑かれた詩人だ。「若くて名もない異国人」は書いている。「五階の部屋で机に向かい、昼も夜も書きつづけなければならないだろう。そうだ、彼は書かなくてはならないだろう、結局そうなるだろう。」(『マルテの手記』)結局そうなった詩人は、いくつものエレジーと多くのソネットを遺して、放浪の末、バラの棘にさされ死ぬことになる。精霊ホテルから遠く離れて。

さて、そういうわけで、十九世紀後半以来、パリでは地上およそ十五メートルほどの空間を憂愁の／詩の／精霊が漂い続けている。今もなお、パリのホテルでは、五階か六階あたりの部屋でこの精霊に取りつかれる人が、時折いるらしい。そんな馬鹿なって？　自分で見に行けばいい、ぼくを信じないのなら。

廃市のオルフェたち　ヴァーチャル連詩1865―2007

一八六五年。ベルギー滞在中の詩人は痛烈な罵詈雑言の中に切実な哀愁を湛えた批評を書く。この国に文明はない、ブリュッセルは勿論、古都ブリュージュにさえ、と。

――ほとんど完全に保存された
　幽霊都市
　ミイラ都市
　ブリュージュもまた
　消えてゆくものである
（ボードレール）

だが、この国こそ詩人終焉の地。彼は「世界の終り」を発見したのだ。

一八九二年。ベルギーの詩人はブリュージュの物語を書く。水と鐘の町はオルフェの冥府にほかならない。運河は忘却の河、時を告げる鐘は弔歌である、と。

——ともかく私はとりわけ
一つの都市を呼び起こしたいと思った
人々の精神状態と結ばりあい
忠告し
行為を思いとどまらせ
決心させる
一人の主要人物のような
都市を

（ローデンバック）

このような都市は死者の喩にほかならない。死都のトポスが成立したのだ。
一九〇六年。ドイツの詩人もまたブリュージュを歌う。倒影の世界、と。

——この町は死の都と
呼ばれたのではなかったか
それが今

（何かわからぬ一つの法則に従って）
この倒影の世界でめざめ
さわやかな姿をとってくる
そこでの生の営みも
まれではないかのように
（リルケ）

倒影の世界だけが生きている。現実は水鏡のむこうにあり、こちらの世界こそ幻影なのだ。
一九一一年。日本の詩人は、死都＝廃市のイメージを郷里柳河に重ねる。灰色の柩、と。
――さながら水に浮いた灰色の柩である
（北原白秋）
一九六〇年、小説家は、この一行をエピグラフにした物語に廃市を描き出す。水の都、と。
――町の中心を大河が流れ
いくつもの掘割が縦横に刻まれた
水の都には
頽廃と倦怠が色濃く漂い

石橋の欄干の街燈が
その灯影を水に映していた
（福永武彦）

廃市はまるで音楽のよう。どちらも虚空に消えていくもの、流れ去っていくものなのだ。

廃市の詩人《オルフェ》＝死者たちは今もなお
虚像の世界を
音楽となって彷徨い続けているのだろう
嘘だというのなら　どこでもいい
その都市に行ってみるといい
すぐそこの廃市に
（八島賢太）

＊引用は「哀れなベルギー！」阿部良雄訳、「死都ブリュージュ」窪田般彌訳、「ロザリオ河岸」高安国世訳、『思ひ出』序文、「廃市」より。ただし適宜句読点等を省き行分けを施している。訳者を含む八人のオルフェたちにこの連詩を捧げる。

他者の物語は　その日のイジドール・デュカス

一八六九年春のある日、青年はモンマルトル大通りにさしかかったところだ。今朝書き上げたばかりの原稿をラクロワ書店に届けるために。散文による六つの「歌」から成る長篇詩。散文・詩・長篇を結び付けて「歌」とするのはまったくの独創だろう。一昨年亡くなった詩人が切り開いた「散文詩」を長篇に活用する試み。それだけではない。ここには詩も批評も随想も哲学も、それに小説までも含まれている。それを「歌」と呼ぶのは強弁だろうか。かまうものか。フランス最古の叙事詩に倣ったまでのこと。そう、これは現代の叙事詩なのだ。

先ほど表紙に書き入れたばかりの名前——というより一つの詩句——を思い浮かべながら大通りに歩を進める。Le Comte de Lautréamont ロートレアモン伯爵。ここにぼくの半生がこめられていることに気づく者はいるだろうか。Le Comte de l'autre est à Mont 他者の物語は「山」にある。八音節による詩の一行。会心の詩句だ。

他者の物語は「山《モン》」にある——モンテビデオに。

パイプの煙に包まれた荘厳な父の表情。
使用人が奏でる陽気な子守歌と母のいない食卓。
馬車で連れていかれた近隣のサバンナ。
フランス語のノートと家庭教師の冷徹な口調。

他者の物語は「山《モン》」にある――ピレネー山麓に。
退屈な授業をする厳格な教師の態度。
タルブの街角に流れる物悲しいバグパイプの音色。
寄宿舎で毎朝顔を合わせる美少年の絹の眼差し。
書き込みだらけの数学と博物学の教科書。

他者の物語は「山《モン》」にある――モンマルトルに。
六階の部屋に毎夜やってくる壮麗な巨大蜘蛛。
日に夜を継いで書き続けた原稿を読み上げる大音響の声。
暁の病《マル・ド・ロール》と名づけた聖なる怪物の歌（老いたる海よ！）
甘美な銀の原子がきらめく深夜の窓辺。

これらはすべて他者の物語だ、三つの「山《モン》」に置いてきた。では、ぼくはどこにいるのか。言うまでもなく、海にいるのだ。二つの海——モンテビデオとピレネーの間に広がる広大な大西洋と、これに劣らず広大なパリという大都市の大洋——こそが生の現場なのだ。前者が過去の、後者は未来の。左右から押し寄せる人波と馬車の大波をかき分けながら、青年は大通りを泳ぎ切る。目前に島のように屹立する建物の前に立ち、静かに呼吸を整える。マルドロールでもロートレアモンでもないひとりの移民青年として、イジドールは階段を昇り始める。栄光を夢見る青年の表情で。

＊本文中に『マルドロールの歌』からの引用がある。

ルイーズとジャン　一九四六年パリ近郊

一九四六年、パリ近郊の町ヴェリエール。詩人はヴィルモラン家に逗留している。ルイーズの兄弟とその子供たちに囲まれた賑やかな生活だ。子供たちからは「ジャン小父様」と呼ばれている。父親を戦争で亡くしたばかりの六歳の坊やにはなつかれすぎているくらいだ。ここで詩人は遺書にするつもりの本を書いている。冒頭には、

——死がぼくに追いつくのにそれほど長い道のりを必要としなくなった……。

と、書いた。

メゾン＝ラフィットの生家を思わせる屋敷ですっかりくつろぐと、長い間忘れていた「家族」の感覚が甦ってくる。一生独身で通してきたが、若い友人には恵まれてきた。多くはすでに冥界の人になってしまったが。「鎮魂歌」と題する詩に「レーモンや二人のジャン／ローラン　マルセルはいまどこに」と書くのは少し後のこと。夭折した作家たちと飛行家のことだ。だが、いまはジャノがいる。もうすぐここにも来るはずだ。「愛情よりも友情の術に長けている」と自ら言うように、詩人は残りの人生を友愛に賭けている。

ジャン五十七歳。ルイーズ四十五歳。ちょうどひとまわりちがいの丑年生れ。ルイーズの小説を読んで「あなたが天才だとは存じませんでした。大好きです」と手紙に書いたのは十二年前のこと。結婚を申し込んだこともあった。

——男と女のあいだの友情は微妙なもので、それは一種の愛でもある。嫉妬が変装していることもある。

と、書いたのはつい最近。同性愛の場合には……とは書かない。

ルイーズは長いハンガリー生活から帰還したばかり。戦時中の様々な苦難が甦るが、それはフランスに留まって映画を撮り続けたジャンも同じこと。それどころか、解放後には対独協力の嫌疑に何かと苦労してもいる。昼はパリですごし夜はジャンに数々のゴシップを話すのがすっかり習慣になった。ジャンはルイーズを「ラジオ＝ルゥレット」と呼ぶ。毎晩ルイーズと話すのが一番の楽しみだ。

ルイーズへの最初の求婚者もまた、最近、飛行機事故で死んだ。王子さまと飛行家の素敵な物語を遺して。八年前の詩集を『偽りの婚約』と題したのはせめてもの贖罪だったかもしれない。偽りの婚約者は飛行家や作家のほかにも大勢いた。最初の夫との間の三人の娘には長らく会っていない。「子供たちよ、早く持って行きなさい／さあ、さあ、私の命はおしまい」と書いたのも同じ詩集の中だった。そんなことを思い出しながら、

——私の死骸は柔らかで手袋のよう……

と、口遊みつつ、今夜も車を降りる。

階下で物音がする。ルイーズだ。ジャンは書きかけの原稿を確認する。

——死はぼくたちの若さだ。そしてぼくたちの生長であり、ぼくたちの愛でさえもある。

ペンを置いて立ち上がり、ドアを開け、ゆっくり階段を降りる。踊り場に鏡がある。近づく。ルイーズが昇って来る。鏡に近づく。ルイーズとジャンは互いに鏡のむこうからやってくる。ふたりの視線が交わる。死が交わる。重なる。鏡が割れる。友愛が立ち上がる。ふたつの死が、おだやかに発光する。

ルイーズとジャンは互いの死を見詰めあう。

＊ジャン・コクトー作品の引用は秋山和夫訳『ぼく自身あるいは困難な存在』（ちくま学芸文庫）より。ルイーズ・ド・ヴィルモラン作品の引用は山田兼士訳。なお、コクトー映画「オルフェ」の企画は一九四六年に始まっている。

石蹴りの少女と葦の地方

昭和十一年五月、大阪湾沿岸

一九三六年五月十七日、「八十日間世界一周」の旅に出て五十日目のジャン・コクトーは、神戸から京都に向かう汽車に乗った。ヴェルヌの冒険小説にちなんだ旅行だが、行く先々での見聞をパリの新聞に書く契約を結んでいるのだから、立派な仕事には違いない。ヨーロッパからエジプト、インド、ビルマ、マレーシア、シンガポール、香港、上海を経て、昨日、神戸に着いたばかりだ。左に六甲の山並みを、右に大阪湾の海岸線を窓ガラス越しに見ながら、詩人は写真で見た古都の町並みに思いを馳せる。

昭和十一年五月の光を浴びて、
後に「風の中に／煙がみだれる」と書く
三十二歳の小野十三郎は大阪近郊の駅を出て、
抒情ならざる詩情を物の非情の中に探し続けている。

この時コクトーは四十六歳。若い友人を何人も亡くし、慢性的阿片中毒で健康も蝕まれている。仕事も経済も手詰まり状態で、引きこもりがちな生活が続いていた。その憂鬱をはらすために若い秘書が提案した旅行は、思いがけず新鮮な生命力をもたらすことになった。昨日、神戸に上陸して早々に見た「石蹴りの少女」も新たな発見の一つだ。五歳ほどの少女が道に白墨で描いていたのはまぎれもなく「北斎の円」だった。「私はこの円を持ち帰りたかった」と、詩人はノートに書いている。

詩人は工業製品を生み出す人工の風景を探し続けている。工場群に隣接する浜辺で潮干狩りに精を出す大群集を見た詩人は、人の姿、人の顔に呆れながら、ふと自分をかえりみて低く呟く、「これはまたなんとしたところに俺はゐるのだ。」

ノートの続きには「それは上陸した最初の一歩で、私にニッポンの魂の秘密を見せてくれたものであった」とある。ごくささやかな事象から人の魂を透視するのは詩人の特技。すでに上陸前から「鹿島丸」の浴室に描かれた峰や小舟や橋や花の装飾に「北斎の円」を見出していた詩人は、一週間ほどの滞在中に、驚くべき観察眼でこの時代の日本人を描き出していくことになる。今日は伝統の「鴨川をどり」を見る予定だ。山並みが切れたころ、突然、巨大な煙突と瓦斯タンクの群れが海を塞いで立ち上がる。

「もう帰るにも帰れない」と呟きながら仰ぎ見たら、

「累々と重なりあつた大群集の背に」光を浴びた
「煙突や瓦斯タンクがくつきり浮び出てゐる。」

まなざしをゆっくり遠くに向けてみる……

…おれは物としての風景を見たんや。

「多分そこが海だ。」


「ロレーヌ地方にも似た風景」と後に書くのはこの工業地帯のこと。詩人は近代工場の出現に目を奪われる。汽車はゆっくり海岸沿いを走っていく。浜辺で潮干狩りする群集の顔がひとりずつ見分けられるほどの速度だ。葦原を背に工場群を見詰める男がいる。汽車が通過しようとするその瞬間、男がふと振り返る。一瞬、二人の視線が交差する。人を見るまなざしと物を見るまなざしが、窓ガラスを隔てて雷鳴を轟かせる。無数の葦が揺れ動き「ガラス管《チューブ》」のように光りだす。ガラスが静かに砕け散る。

＊コクトーの引用は西川正也『コクトー、1936年の日本を歩く』（中央公論新社）より、小野十三郎の引用は詩集『風景詩抄』所収「葦の地方（五）」および『大阪』所収「赤外線風景」より。

IV

十三郎幻想　一九五四年夏

一九五四年七月五日深夜。三年ほど前に開業した地下鉄昭和町駅から自宅に向かう道を、あなたはひとり歩いている。昼間の炎暑は嘘のようにおさまって爽やかとさえ言える夜だ。少し飲み過ぎたかな、と反省するあなたはもうすぐ五十一歳。もう若くはないが「音楽に抵抗」する程度の若さは持ち合わせている、と嘯くのは最近の癖。そう言いながら宴席で啄木の歌を高吟してきたばかりだが。

とにかく始まった……若い仲間たちと協力して今日立ち上げたばかりの「学校」に思いを馳せる。真夏を思わせる暑さの中、大阪市教員会館の大会議室に集まった二百六十人（会場の定員は二百人）の男女が目に浮かぶ。これからどうするのか……柄にもない「校長」の肩書きも今のあなたには重荷だ。いっそ龍生がやったらええのに……。一昨年から短大の教壇には立っているが、まだ慣れることができない。それに、そもそも「文学」の「学校」なんか……。教えるほどの詩があるんなら教えてほしいくらいや。相変わらず「葦の地方」ゆうて書いてるうちに風景の方が勝手に変わってしもたやないか。

あれこれとりとめなく思いをめぐらしているうちに、あなたは夾竹桃のある家の角にさしかかる。今年はキョウチクトウも早い……まさか放射能のせいやないやろな……。第五福竜丸の事件が頭をよぎる。あの水爆はたしか「ブラボー」という名前やった……広島の原爆の千倍とか……ふざけた名前つけよって。一瞬めまいにおそわれたのは放射能ではなく夾竹桃の匂いのせい？

ふと目を上げると、夾竹桃の陰にだれかがいる。痩身の男だ。伊東か？　去年死んだ友人の顔が浮かぶ。「燈台の光をみつつ」……いい詩やな。「清潔な光が／ひやりとした感触で／サッとぼくの内部の暗黒をも一なぎするのをじっさいに感じる」と書いたのはあなただ。一年ほど前に書いた追悼詩と二十年ほど前に「萩原朔太郎そのもの」と批判した文章が同時に思い浮かぶ。あなたは私に歩み寄る。

――小野さん、初めてお目にかかります。五十年後からやって来ました。こちらでは昨日満一歳になったばかりですが。

あなたは少し驚いた様子だが、元来こういうのは嫌いではない。ちょうど心地よいぐらいに酔いも醒めてきている。伊東の幽霊にはこの間会ったばかりだ。

――あなたの詩のことや人生のことは知りたくないでしょう。それより気になるのはあなたの「学校」のこと。私はいま、その創立五十周年祭からの帰りです。

あなたはにっこり微笑む。……みんな年寄りになりよったやろな……おれはおらんのやろ、そこに……あたりまえか。

――あなたの葦は樹木に育ちます。カヌーになって星々を訪れる木もあります。

あなたは私をしばらく凝視してから手帳を取り出す。「木々が芽吹くとき」と書かれたページを開いて差し出す。

——芽は白い火を噴いてすさまじい音を発するんですね。

その時、どこでもない場所から突然「天地を覆すような大音響が」聞こえる。それは冥王星への長い（あなたの）旅の合図？　それとも冥界の詩人たちへのそれなりに長い（私の）旅の？

夾竹桃の香りが漂う中、樹木たちがひたひたと、私に、近づいてくる。

小野十三郎の手紙

一九六五年五月一日、大阪市阿倍野区阪南町

昭和四十年五月一日の夜
六十一歳の詩人小野十三郎は
届いたばかりの分厚い詩集を机に置く
開いたままの白い便箋をじっと睨んでから
万年筆を持った手を見詰めながら一行目を書く
「今日は立派な詩集をお贈り下さってありがとう」

詩を読むことが楽しみでなくなったのはいつ頃からなのか
詩を教えるようになってから？　あるいはもっと前か？
詩論を書いたとき詩はおれの歓びではなかったのか
この青年は何より詩を愛し詩を信じている
そんな当たり前のことを思いながら

老詩人は詩集の終りの方を開く
「変則的な散歩」する「有能な詩人」
「灰色の背中」が文字まみれの「詩男」
「白い便器」に流される「黄いろい詩人」
一番目はおれも含む戦前の詩人たちのこと
二番目は田村隆一を思わせる長身痩軀の詩人
三番目はだれや？　作者自身のことかもしれん

「二十億光年の孤独」から「21」へと数を一つふやした
軽業師にして魔術師にして「知られざる神」への祈禱師は
「愛とやさしさ、こっけいな義務！」と叫びまた歌いながら
自ら「ポエムアイ」と呼ぶ方法で新しい旋律を奏でているのだ
プレヴェールのような　しかしもっと複雑な抒情をはらんだ歌を
詩とたわむれ世界の謎とたわむれながらこれからも書き継いでいくだろう

「それはわたしの内部に折れ曲ってきて、ややともすると、
詩以外の要素で拡散されようとする
わたしの自身の詩の構造力学を

ひきしめる態の
ものです
（…）」

筆を置くと
目を閉じ耳をすます
「親しい私の異郷からの
私のいない　私の知らない帰郷がある」
十年以上前に読んだソネットの一節がよみがえる
本来いるべきところにいないという感覚を歌っているのだろう

親しい異郷も知らない帰郷も宇宙的孤独の詩人だけのものではないだろう
メコン川下流のデルタやシェーラの山やキューバや黒四ダムの地下を思い浮かべ
自らがたどってきた道とこれからたどる道に思いを馳せ
脇に置いた原稿の束を手元に引き寄せて
新しい詩集の題を書く
異郷

＊小野十三郎の手紙は『谷川俊太郎のコスモロジー』（一九八八年、思潮社）より行分けを施して一部を引用、谷川俊太郎の詩は『谷川俊太郎詩集』（一九六五年、同、全集版）中の『21』と『六十二のソネット』より引用。ほかに小野十三郎『異郷』への言及がある。

正午のサイレンは

空吹く風にサイレンは、響き響きて消えてゆくかな（中原中也）

昭和十二年夏。ひさびさに鎌倉から上京して午前中に出版社との相談を終えたあなたは、丸ビルの最上階へと足を運んだところだ。眼下には東京駅の建物が見える。設計者は辰野金吾。明治の第一世代、立志伝中の人物。次の代には放蕩者が多いといふが……萩原朔太郎、高村光太郎、中原中也……みんな詩人ぢやないか。辰野隆は例外だな。出版の契約を結んだばかりの『ランボオ詩集』のことが頭を過る。

また見付かつた。
何がだ？　永遠。
去《い》つてしまつた海のことさあ
太陽もろとも去《い》つてしまつた。

辰野先生なら繰り返しはしないだらう。だが、仕方ない。意味の正確さより調べの方が詩には大事なんだから。小林みたく散文詩だけ翻訳するなら違ふだらうが。

思いに耽っていたあなたの耳を突然けたたましい音が貫く。空襲警報？　まさか。まだそんな時代ではない。改めて眼下を見る。人。人。人。人の群れが列を成してあちこちのビルから出てくる。とっさにいくつかの言葉が浮かぶ。

あゝ十二時のサイレンだ、サイレンだサイレンだ
ぞろぞろぞろぞろ出てくるわ、出てくるわ出てくるわ

この繰り返しはちょッとしつこいか。まあいいや。続けてやれあ調子も出てくるだらう。扨《さて》。

視点を上下に移動して、音数律を整へて……。

大きなビルの真ッ黒い、小ッちやな小ッちやな出入口
空はひろびろ薄曇り、薄曇り、埃も少々立つてゐる

地上とは人で溢れる退屈な場だ。いづれこの地が戦場と化さぬと誰も言へないけれど。十四年前の地震の修羅場のやうに。対して、空は……あの薄明の中に坊やもゐるのでせうか、コボルトたちとご一緒に……空は死児等の亡霊にみち（「含羞」）

あなたは次の詩集にいま浮かんだばかりの詩を入れようかと考え始める。「含羞」から「蛙声」

までの五十七篇、配列はもう決つてる。死んだ坊やに捧ぐには戯歌すぎて変ぢやろか。だが更に次の本への伏線ならば。ひッそりと目立たぬ所に入れれば良い(例へば後ろから三番目)。この時、突然、あなたは故郷山口で暮らすことを決意する。正午のサイレンは、より穏やかに沈潜した詩生活への号砲なのだ、ランボー型の短距離走者からボードレール型の中距離走者へと転身を図るための。もっとも、そのための時間は、あなたにはもう、残されていないのだが。

中也と朔太郎 ヴァーチャル対詩1937

昭和十二年一月のある日。五十歳の萩原朔太郎は散文詩「蟲」を書いたところ。「鉄筋コンクリート」とは蟲だ！　なぜならリズムとは強迫観念なのだから。

――「テッ、キン、コン」と、それは三つのシラブルの押韻をし、最後に長く「クリート」と曳くのであつた。

先日会ったばかりの若い詩人の顔が浮かぶ。彼もまた一種の変態にちがいない。あのトボケた作風もまた、強迫観念としてのリズムに呪縛されているのだから。

――彼の詩は
どこか童話的で
飄逸としてるやうであつて
しかもその精神に

鋭いイロニイの批判と反抗を隠してゐる

同年二月のある日。朔太郎はこの詩人のことを再び書いている。

——懐中に短刀を入れてる子供の図

扨。同年十月のある日。三十歳の中原中也は病床で評論集『無からの抗争』を読んだところだ。突慳貪な中にも温厚さを漂わせる眼差しを思い浮かべながら、短い書評を書く。

——萩原氏は文学的苦労人である
氏に会つてゐると何か暖いものが感じられる
然るに氏のエッセイはとみると
時にダダッ子みたいに感じられる時がある
蓋し淫酒のせゐである
而してその淫酒は
氏の詩人としての孤独のせゐである

同年十月二十二日中原中也死去。朔太郎は『文學界』に依頼された追悼文を書いている。

——この言はむしろ中原君自身の方に適合する
つまり彼のアインザアムが
彼をドリンケンに惑溺させ
酔つて他人に食ひついたり
不平のクダを巻かせたのだ
センチメントの純潔さが
彼の詩に於ける
最も尊いエスプリだつた

詩の宿命を全速力で生き切った詩人の晩年が自らの晩年に重なる。自分もまた、残り少ない人生を全力で駆け抜けるしかないのだろう。抒情の宿命を見据えて。机上に広げた原稿の束を引き寄せ、新詩集の表題を書き入れる。

——宿命。

＊ダッシュで引用した部分はいずれも萩原朔太郎、中原中也が昭和十二年に書いたもの。ただし、適宜省略し句読点を消した上で行分けを施している。萩原朔太郎最後の詩集『宿命』は昭和十四年刊。

中也週間2007　ウェブ日記より

十月二十二日（月）
七十回目の中也忌に
空の詩人をしのんで
ベランダに出て空を眺めると
みごとなうろこ雲
「千の天使がバスケットボールをする」（「宿酔」）
無数の雲が天使に見える
あの日もこんな空だったのだろうか

中也忌に千の天使のうろこ雲

十月二十三日（火）
夜の詩クラスは

十代から七十代まで
十八名の超世代クラス
（世代間を乗り越える機会と認識）
たっぷり二時間詩に浸かって
その後は飲み会
深夜に帰宅し飲み直す

秋宵に老いも若きも詩想浴

十月二十四日（水）
中也作品を講義する
晩年に頻出する暗鬱な空を検討
「空は死児等の亡霊にみち」（「含羞」）
死児、黒旗、ポプラ、ピエロ、亡霊、あれ、竜巻
詩人の魂が空に映し出した死のパラダイム
次はこうした連鎖からの脱出口を考える
詩「正午」がそのヒント

大空は詩の魂のスクリーン

十月二十五日（木）
北川透『中原中也論集成』が届く
通常の単行本三冊分の大著
重箱より厚いし重い
（広辞苑みたい）
早速拾い読みする
「可能性としての中也」
ただならぬ気配が漂っている

お重より重き中也の書が届く

十月二十六日（金）
終日激しい雨
キース・ジャレットのＣＤを流して
中也の詩を読んでいたら
どこからか唄声が聞こえる

中也の声？　まさか
「ただもうラアラア唱つてゆくのだ。」（「都会の夏の夜」）
キースがピアノを弾きながら唱っているのだ

秋雨にラアラア唄う人はだれ

十月二十七日（土）
中也の会のため神戸に
百四十人ほどが集まる
北川さんの講演がおもしろい
「批評は権力だ」と
詩論もそうだろうか
シンポジウムでパネリスト
（ほんとうは人前で話すの苦手です）

百歳を祝う人らの中也浴

十月二十八日（日）

祭後の孤独に浸る一日
都市生活の快楽の一つを
群集浴
と呼んだのはボードレール
よく似たフレーズを中也の「小説」に発見
「群集といふ伴奏付きで泳いでゐる」(「我が生活」)
詩として読むことができるかも

群集浴終えて深夜の孤独浴

師走のカトラン２００７　ウェブ日記より

十二月一日（土）　タマなのかテラよおまえはキュウなのか

長野県の図書館からメールの問い合わせで
「二十億光年の孤独」一行目の「球」の読み方を知りたいと
作者自身の朗読をＶＴＲで確認……「人類は小さな球の上で」……
「タマ」と読むのが和語を重んじる詩人の意図

十二月三日（月）　窮鼠猫を噛む心境のギアチェンジ

翻訳作業に追いつめられるも最後の手段（秘密）が功を奏して
今日は四百字詰三十枚をクリアしたが
このペースがあと三日続くことを期待して
体力がもつかどうか特に肩凝りが不安だが

十二月六日（木）　津軽よりカムパネルラの林檎来る

百五十枚の翻訳原稿を仕上げたら
夜になって津軽から林檎が届く
七年前亡くなった友の妻君から
カムパネルラの記憶はすでに遠く

十二月九日（日）　枯葉舞う古都にこぼれる鐘の声

フランス歌曲コンサートのテーマは「鐘の鳴る風景」
美山節子さんの朗唱のすばらしさはすでに承知
京都文化博物館別館ホール（元は銀行）は辰野金吾の設計
セヴラックの「梟」（詩はボードレール）は枯淡の境地

十二月十二日（水）　睦郎氏と詩歌の開始歳を積む（回文）

高橋睦郎さんの特別講義「うたと私」を聴講する

「うた」の起源から現代演劇までを変幻自在に
最後は自作「王女メディア」の台本を朗読する
驚嘆しきり　きっかり九十分にまとめる語り口に

十二月十三日（木）　師も走るエンジンよりもニンジンで

教師は車より馬に似ているので
エンジンでなくニンジンで動くのだが……
次のニンジンは年末恒例「第九」コンサートなので……
授業会議原稿山積仕事だが……

十二月十四日（木）　かっこうの声セロ弾きの耳ひらく

児童文学論は「セロ弾きのゴーシュ」の講義
青年が大人になるための通過儀礼のすべてが込められたテキスト
特にかっこうとの葛藤に費やす凄まじいエネルギー
思春期の情念を前に窓ガラスを蹴破る蛮力こそ父の底力ですと

十二月十六日（土）　第九聴いて忘年会に走る夜
ベートーヴェン誕生日の「第九」コンサート
余韻を味わう暇もなく直ちに梅田に移動
仙台から来た田原さんと待ち合わせた後
中也の会打ち上げ忘年会に帯同

十二月十七日（日）　手作りの「渡りの一群」完売す
大阪文学学校の文学集会（という名の忘年会）
クラスで手作りの小詩集「渡りの一群」を作って
七十部完売したついでに「別冊・詩の発見」二十部も完売
飲んだり喋ったりしながら田さんを見送って

十二月十八日（月）　私は繰り返される旋律です（谷川俊太郎「私」）
谷川さんの新詩集『私』を繰り返し読む月曜
表題作は豪速球のストレートど真ん中

これを打ち返すにはイチロー並みの打撃が必要
バントヒットを狙おうとするのは馬鹿

十二月二十日（木）　午後おそく光のテーブル並べ替える

午後おそく大小のダイニングテーブルを動かす
向かいの家のガラスに映った西日が東窓から差し込んで
卒論打ち上げパーティに集まった十人に祝意を表す
ミュンヘンからお招きした四元康祐さんとも話が弾んで

十二月二十一日（金）　「マルテの手記」詩的創造する冬至

四元さんによる自主ゼミはリルケの「現代詩訳」
「マルテの手記」など散文作品を行分け詩に翻訳する試み
現代日本語のポエジーが鮮かに軽やかに跳躍
夕方天王寺で四元さんと別れのビールを疎み

十二月二十二日（土）　人寄ればボードレールと冬の雨

雨の中ボードレール研究会の会場は大阪市内
若手研究者二人の発表で四時間ほどのボードレール浴
掘り下げるごとに課題が出てくる詩人は少ない
夜は忘年会で帰宅後も酔い心地ほどよく

十二月二十四日（月）　卒論の原稿抱え集うイヴ

クリスマスイヴも祝日も関係なく通信教育スクーリング
朝の詩論はボードレール・プログラムの概要を説明しておく
昼の卒論指導は一月末の提出期限に向けてのサンプリング
夜はクレオパトラが浸かりに行ったという「死海ソルト」で美人浴

十二月二十五日（火）　巨匠逝って二十世紀が遠ざかる

フランスの作家ジュリアン・グラック九十七歳の逝去を知る
「…陶酔というものが夜の安らぎの最果てにふるえているのだが
（…）大時計たちが時を打つのを執拗に聴き入っている。」

散文詩「夜明けのパリ」のイメージ連鎖は新鮮　難解だが

十二月二十六日（水）　仕事納めたった二人の忘年会
「詩とは何か」をテーマにボードレールから眉村卓までを語り
高階杞一さんと一緒に詩論スクーリング最終日無事終わり
二人だけの忘年会では来年出す予定の詩集のことなどを語り
魚と湯豆腐などで日本酒を飲み帰ったのは九時あたり

十二月二十七日（木）　会議終えて水掛け不動で大団円
大学院共同研究会議は新大阪ガーデンパレスにて
十二名が研究進捗状況などを話し合って二時間で終了
難波まで移動して水掛け不動にお参りして
法善寺横丁の店で本年の忘年会はこれにて完了

十二月二十八日（金）　年の瀬と新年つなぐメビウスの環

杉山平一さんのエッセイ「メビウスの環」が朝日新聞に掲載されて
「我々は暗黒をも発条にして輝かしい新年へ飛び出すことができる。
大地の中心の引力という「カミ」に守られて。」
九十三歳の詩人の瑞々しい文章に老師の叡知を見る

十二月三十日（日）　年暮れて年賀状より詩の原稿

年末に小島きみ子さんに送る約束の詩がまだできないが……
年賀状もまだ某誌詩時評もまだできていないが……
メビウスの環を辿って「輝かしい新年へ飛び出」したいが……

V

9ポ明朝の乳を買いに

教室の窓から　養老山脈を眺めている
一九六七年の中学生は　はや愁いを知る

耳奥に　ピーター・ポール&マリー Lemon tree のラジオ
目前には　カムパネルラ&ジョバンニ milky way の板書

放課後のグランドを　女の子たちが駆けまわる
その中のひとりを見続ける少年の　遠い春

つきあいで通う　塾の教室を脱け出し
病室に通う　母の笑顔が安心の証し

夕暮の農道を伊吹颪に押されㅤ自転車で疾走し
町外れの活版所のㅤ主任さんに挨拶し

父の仕事用9ポ明朝のㅤ「乳」をもらう
帰り道は伊吹颪を顔に受けㅤ闇空に雪が舞う

右半身が不随の父はㅤいつも寡黙だった
電気屋に勤める兄の帰宅はㅤいつも深夜だった

いまㅤ三人が眠る仏壇のㅤその後ろ
窓の外にㅤ二上山はㅤ今日も乳色。

一九七〇年のこんにちは

一九七〇年の高校生は夏休みのある日
大垣発快速電車に二時間半乗って大阪茨木に到着
千里丘陵には理不尽なまでに明るい歌声が響いている
――せんきゅうひゃくななじゅうねんのこんにちは――
この歌詞はすごいねと並んで歩いている女の子に声をかける
五七五はともかく「に」ではなく「の」になってるのはすごいね

三度目の万博で今度こそアメリカ館またはソ連館を訪れることが
女の子を連れ出す時に父親に言い渡された約束であり使命である
ニュース映画の「人類の辛抱と長蛇の残酷博」は悪い冗談だろう
進歩と調和を揶揄するような巨塔は気の利いた冗談とも言えるが
アメリカ館前の長蛇におそれをなし別のパビリオンに避難すると

轟音とともに目に飛び込んできたマルチスクリーンは全部で八つ
富士山をテーマにした映像に心惹かれながらも約束通りソ連館へ
ソユーズ号の前は立ち止まり禁止なのでそそくさと通り過ぎ
外に出るとラジオが「また逢う日まで」を歌っている
出口への群集に逸れないように手をつないでいると
中年女性に「あんたらね！」と手を叩かれた
これが大阪のオバチャンとの初邂逅

そんな夢を見た秋の朝
遠い過去がよみがえったのは
先日会った詩人のせいかもしれない
巨大スクリーンのナレーションの声が
その詩人のものだったことを初めて知った
当時彼が書いた詩を読みながら前夜眠りについたのだ

　幻の村のいのちは
　はかなくもはなやかに燃え

幻の村の広場に
国々の旗ひるがえる

幻の村から三十年経ったことに気づいた僕は中年ど真ん中で
「また逢う日まで」も「笑って許して」もはるか昔と
落胆しつつ二度寝して昼過ぎにようやく目が覚めて
「世界の国からこんにちは」の作詞者の自伝を
昨夜遅くまで読んでいたことを思い出した
今日の日付は二〇〇九年五月二十日。

＊引用した歌詞は島田陽子「世界の国からこんにちは」より。引用した詩は谷川俊太郎「幻の村――万国博覧会に寄せる」より。

詩とはなにか　『転位のための十篇』との対話

一九七二年夏、「詩とはなにか」を性急に求める十九の少年は次のような言葉に遭遇した。

詩とはなにか。それは、現実の社会で口に出せば全世界を凍らせるかもしれないほんとのことを、かくという行為で口に出すことである。
（「詩とはなにか」）

この評論家が詩人でもあることを知るのに時間はかからなかった。さっそく大学生協の書店で『吉本隆明詩集』を購入し開いてみると、

ぼくが真実を口にするとほとんど全世界を凍らせるだろうという妄想によって　ぼくは廃人であるそうだ
（「廃人の歌」）

自虐的な言葉遣いの中に厳しい認識が示されている。では、全世界を凍らせるかもしれないほど

の「真実」とは何か。少年は詩集を読み続ける。

ぼくたちは肉体をなくして意志だけで生きている
ぼくたちは亡霊として十一月の墓地からでてくる

（「絶望から苛酷へ」）

反世界――最近覚えたばかりの言葉だ――の住人は死者でなければならない。肉体をなくした亡霊とは透徹した個としての自己像の一つなのだ。廃人、背信者、亡霊、瀕死者、分裂病者。さらに彼は、あらゆる秩序と制度を否定するがゆえに、

ぼくたちはすべての審判に〈否〉とこたえるかもしれない

（「審判」）

と告白する反抗的人間である。このような反世界存在としての自覚がより卑近な具体性を帯びた時、彼はたちまち反社会存在としての自己をさらけ出すことになる。

ぼくを気やすい隣人とかんがえている働き人よ
ぼくはきみたちに近親憎悪を感じているのだ
ぼくは秩序の敵であるとおなじにきみたちの敵だ

（「その秋のために」）

全世界を凍りつかせることをあえて口にするからには、あらゆる他者との交感を断念して孤立の道を選ぶほかはない。自立への出発点として。ここで思想は抒情に直結する、と少年は直感する。そうでなければ詩ではない。

ぼくの眼に訣別がくる
にんげんの秩序と愛への　むすうの
訣別がくる

（「一九五二年五月の悲歌」）

秩序への訣別は思想を引き起こし、愛への訣別は抒情を醸し出す。では「訣別」の果てに何があるのか。答は見つからない。詩人はさらなる思索／詩作のベクトルを示すだけだ。

ぼくの孤独はほとんど極限に耐えられる
ぼくの肉体はほとんど苛酷に耐えられる
ぼくがたおれたらひとつの直接性がたおれる
もたれあうことをきらった反抗がたおれる

（「ちいさな群への挨拶」）

個としての存在認識を「ほとんど極限」の孤独に刻まなければ「ひとつの直接性」の倫理は成り立たない。詩人はその杭をたしかに思想／詩想の境界に打ち込んでいる。だが、それにしても

――少年は嘆息する――きわどい隘路だ。彼は沈思する。深く。深く。彼は詩の言葉を凝視しつつ次第に詩の外を求めて行くことになる。やがて詩は沈黙する。僕の沈黙は三十年続くことになる。

長野隆の墓

昭和六十年の春
彼はまるで何かに取りつかれたかのように
長い長い萩原朔太郎論を書いていた（こちらは宮沢賢治論だ）
青森弘前と大阪高槻の間に
毎夜電話が行き来した

料金が月十万を超えた
深夜の会話の締めくくりはといえば
（一本の論文のために死んでもいいくらいの気力がなければ文学研究など無為だ）
酒まじりのこわもてのバリトンが低くつぶやいた
長野得意の「命懸けの」文学論だ

（命懸けで論文を書くいじょう
どこでいつ死んでも文句は言えないから
さしあたり俺が先に死んだらおまえがおれの遺稿集を出してくれ）
……まあそういうこともないとはいえないのだから
お互いそういうことにしようね……

（電話とは実に竹に似ている
竹、竹、竹が生え、竹、竹、竹……
まさに地下茎だ……まさにリゾームだよ）
俺達はジョバンニとカムパネルラだね
どこまでもいつしよだよ

平成十九年の春
ぼくは深夜にひとりで
あの時の会話を嚙みしめている
詩の宿命と詩人の宿命に思いを馳せて
ついでに詩論の宿命をも思い浮かべている

ついに一本の論文のために死ねなかった者が
一篇の詩のためにだけ生きることもある
ぼくはそのことばを探し続けている
福岡小倉の長野隆の墓に
いつか刻むために

古墳めぐり　『河内幻視行』の余白に

1　贈られし『河内幻視行』遺品とす

川村二郎先生の訃報が入る　まさか
静かなエネルギーの塊は百歳まで大丈夫と勝手に思い込んでいた
名著『河内幻視行』の導入部は車窓の風景から――

「と、どうやらそれは、普通の小山ないし丘には不似合なほど、野放図に木々が茂りすぎていて、緑というよりはほとんどが黒々とした林相を示しているせいなのだ、と気づく。そしてそう気づくと、これらの丘また丘は、異様に重苦しい威圧感をもって眼と心に臨むため、めざめたまま見ることを強いられている暗い夢の塊のように感じられ始める。」

穏やかな熱をこめた口調で語られる

大阪近郊古代遺跡を巡る「異界めぐり」の物語
この電車にぼくは今日も乗った

2　まぼろしの河内の浄土の春の山

仲哀天皇陵のぐるりを廻るとそこは藤井寺球場の跡
近鉄バッファローズの本拠地は今は更地
『河内幻視行』の愛すべき一節は——
「遠望するならば、藤井寺球場のネット裏の上部席から見渡した時、左翼側の外野席の後方に浮び上る森の姿が、ことのほか美しい。さらにその左の彼方の空には、二上山が薄く霞み、北側の八尾飛行場から飛び立った軽飛行機が頭上の空にプロペラ音をひびかせて通り過ぎて行くのは、おそらく河内の春の最ものどかな情景の一つである。」

近景から遠景へとたたみかける描写はまさしく詩
この跡地には小学校が建設されようとしている
校舎の屋上から再びこの光景が見えるかもしれない

3　鴨といて浮き島のごとき白鳥陵

近鉄古市駅から西へ向かい
住宅街の坂道を何度か曲がって歩いていくと
突然目の前に巨大古墳が――

「幅は七十メートルもあるという濠は、濠というよりほとんど池（……）人造の山水はすでに自然の野趣をたたえて、太古からのように静まり返っている。それはヤマトタケルが、歴史の平面から引き退いて、無時間の神話伝承に囲まれ編みこまれ、いわば悠久の不動の相貌を編目からうかがわせているのに相応している。」

溜息が出るほどの描写だが
まさに実景と幻視との完璧な融合
濠にいたのは白鳥でも白鷺でもなく鴨だったが

4　仰ぎ見る巨獣前方後円墳

応神陵の「後円」部分から東側を歩き始める

古くからの住宅街には新旧様々な家が建ち並び
「前方」まで行くには大きく迂回するしかない
「人家に囲まれた古墳は、巡り歩いて見上げ、振り返る時、空からのように痛々しい孤島と見える
より、むしろ、寄り集いまつわりつく新時代の現象など、まつわりつくに任せながら、屈託もな
く大地の上に休息している巨獣の姿を連想させる。」
全長四百メートル以上の小山はどう見ても自然の山
とても人工物には見えない（超自然ならぬ超人工か）
遠く仰ぎ見つつ三十分ほどで「前方」に辿り着く

5　暮れなずむ静寂に浮く古代舟

電車に乗って（いつもと反対方向に）高鷲駅で降りる
雄略陵は「前方」と「後円」の間に濠があって
濠は後円だけを取囲むかたち

（……………………………………………………………………）

二つの古墳の形を整えて前方後円墳に見立てたらしい
円墳の方に小舟がつながれている（だれが使うのか）
この陵墓と舟についての記述は『河内幻視行』にはない

＊川村二郎『河内幻視行』は一九九四年トレヴィル刊。

遠い百合への旅 追悼・小川国夫

二〇〇八年四月九日午後二時、小川国夫死す。十五年前大阪天王寺裏通りの光景が鮮やかに甦る。新聞連載を抱えながらの深夜の飲み歩き。カラオケで歌う演歌の渋味。穏やかな語り口に潜む鋭い諷刺と柔和な眼差し。まるで「死者の眼差し」と呼びたくなるような。

　不思議の膏薬か、慰めぬしか／母の乳房のようになつかしい……
　それとも——死は、暗い引力ではないのか／老人や病人を沈め……
　死はすきとおる融点ではないのか

二十歳の青年が書いた半ば夢遊状態の言葉が後の小川文学を寡黙に予言している。死から逆算する治癒の文学。「癒える」ことこそが書く行為なのだと。

　緑色の聖人よ、これが私のつたない死だ

四月十二日、『海からの光』の文庫本を携えて朝の「ひかり」に乗車。米原から関ヶ原のあたりは桜が満開。濃尾平野に入った途端に花は終わっている。藤枝駅からタクシーで会場へ。瀬田川の岸辺は立派な桜並木だが、花はやはり終わっている。開始時間丁度に到着。カトリックで言う「前夜祭」。式の後に集まった小川さん行きつけのカラオケ喫茶の窓辺には立派な桜の木が一本。この木だけまだ花盛りなのを不思議な気持ちで眺めている。

五月二十七日、小川国夫全集第一巻を読む。四六一行の長篇詩を再読。

　夢の灰色に対していたことがあった
地の両極までたゆたい込めるものが
いかなる船出もゆるさない
夕暮——
くるぶしに寄せる、すきとおる褐色の水に
海藻の季節のゆらめきに
黒い船が、重々しく姿をあらわすのを待った

夢の航海記録は、青春の混沌そのものである靄の中で始まり、やがて宇宙を舞台に黙示録的世界

を繰り広げていく。人間界の阿鼻叫喚や聖人や聖母の幻像が次々と現れ、そして。

遠く百合がかがやいて
降るような光の縞が
十字架をかすめている

十字架に寄り添いゆらぐ百合は〈真理〉の喩だろうか。いずれ「帰天」し到達すべき墓標だろうか。彼は新たな航海を決意した。死＝詩から逆算した小説世界への旅を。

百合が野にふさわしいように
涙が
人にふさわしいように……

野に咲く百合を求めて青年は現実界へと船出した。地中海への旅は七年後のこと。遠い百合への旅はそれからさらに五十四年後のことだ。小川さん、もう着きましたか。

＊引用は小川国夫の長篇詩「遠い百合」（昭和二十二年制作）より。

あとがき――八島賢太の誕生と消滅

詩集を出すことは一生ないだろうと思っていました。一九七〇年代に詩の豊饒に出会い、あらゆる詩が書かれていることに驚嘆し、その後〈詩論〉を志してから、詩人の鏡に（鑑ではなく）なることを自らの使命と念じてきたからです。批評に必要な客観性を獲得するため自分をできるかぎり「棚の上」に置いておくこと。そうでなければ普遍的な〈詩論〉などあり得ない、と。

三十代前半に就任した大学では詩の実作指導も担当していますが、詩を書く若者たちに外側からの助言を続けながら、自らは書かないという姿勢を貫いてきました。添削ではなく推敲のお手伝い、というのは今も変わらない基本方針です。

そうした詩への態度は四十代になってもあまり変わりませんでした。が、大切な人を次々と失い、自分の胃まで（三分の二ですが）失った四十代半ばになって、少しずつ生身の詩人への興味が強くなっていきました。過去の詩人を研究するだけなら〈棚の上〉に置いていられた〈私〉というものを、今を生きる詩人たちとの交流を深めるうちに、とうとう〈棚下ろし〉せざるを得なくなったのが、ちょうど五十路に入った頃でした。

ここに集めた作品は、いずれもこの六年ほどの間に「八島賢太」名で詩誌などに発表したものです。最初に、この辺でそろそろ詩も書いてみれば、と声をかけて下さったのは、詩誌「coto」を主宰するセンナヨオコさんと安田有さんでした。同人でもない私に毎号作品を発表する場を与えて下さったお二人に、まず感謝しなければなりません。近現代の詩人たちとの対話を〈詩論詩〉として成立させる、という考えはこの時に浮かんだものです。

とはいえ、〈詩〉を書かないことを〈詩論〉の前提にしてきたからには、簡単に〈詩人〉を称することはできません。そこで、〈詩論〉を〈詩〉へと架橋するためのキャラクターとして、本名のアナグラムから濁点を抜いた〈八島賢太〉が誕生しました。今回の出版にあたって、ぎりぎりまで迷った末に、本名で出すことにしたのは、〈詩集〉が成立した時点で八島の役割は終わった、と判断したためです。

詩集名の〈微光と煙〉は、表題作への注にも記したように、ボードレールの散文詩集表題原案に拠ります。〈パリの憂愁〉が批評精神たる〈イロニー〉の喩であるのに対して、〈微光と煙〉とは、詩的魂たる〈超自然〉の喩にほかなりません。〈詩人の魂〉への敬意と愛着を本詩集の主要主題と考えています。

五十代後半という真に遅まきの（とはいえ漸く間に合ったとの実感はありますが）第一詩集に刊行意義を認め編集の労をお取り下さった、思潮社の髙木真史さんと、題字を提供して下さった谷川俊太郎さんに、末筆ながら御礼申し上げます。冥府ならぬ天国にいる多くの詩人と、同じく天国の両親と岳父と兄、それに今を生きる愛すべき詩人たちに、この小著を捧げます。あなたたちに出会えてよかった。

二〇〇九年八月十五日　　山田兼士

初出一覧

木曽路の詩人たち　「coto」七号、二〇〇四年一月
八尾の萩原朔太郎　同右
クリスタ長堀のポール・ヴェルレーヌ　同右

空間の音楽　「別冊・詩の発見」創刊号、二〇〇五年四月
微光と煙　「別冊・詩の発見」二号、二〇〇五年十月
微光と煙、また　「coto」十四号、二〇〇七年一月
犬と口笛　「樹林」二〇〇六年冬号、二〇〇六年二月
オーニタをさがしてボードレールに遭う　「詩学」二〇〇六年七・八月号
マリ・イン・ザ・シティ　「Orgate」十四号、二〇〇六年十月

マリ・オン・ザ・ブリッジ　「エウメニデスII」二八号、二〇〇六年七月
精霊ホテルあるいは詩人の部屋　「coto」十二号、二〇〇六年七月
廃市のオルフェたち　「交野が原」六三号、二〇〇七年十一月

他者の物語は　「樹林」二〇〇七年冬号、二〇〇七年二月
ルイーズとジャン　「coto」九号、二〇〇五年一月
石蹴りの少女と葦の地方　「coto」十一号、二〇〇六年一月

十三郎幻想　「coto」八号、二〇〇四年七月
小野十三郎の手紙　「別冊・詩の発見」三号、二〇〇六年四月
正午のサイレンは　「交野が原」六二号、二〇〇七年五月
中也と朔太郎　「coto」十四号、二〇〇七年七月
中也週間2007　「coto」十五号、二〇〇八年一月
師走のカトラン2007　「樹林」二〇〇八年冬号、二〇〇八年二月
「エウメニデスII」三一号、二〇〇八年二月

9ポ明朝の乳を買いに　「別冊・詩の発見」八号、二〇〇九年三月
一九七〇年のこんにちは　「PO」一三四号、二〇〇九年八月
詩とはなにか　「交野が原」六六号、二〇〇九年五月
長野隆の墓　「別冊・詩の発見」五号、二〇〇七年四月
古墳めぐり　「coto」十六号、二〇〇八年八月
遠い百合への旅　「交野が原」六五号、二〇〇八年十一月

微光《びこう》と煙《けむり》

著者
山田兼士《やまだけんじ》

発行者
小田久郎

発行所
株式会社 思潮社
〒一六二―〇八四二 東京都新宿区市谷砂土原町三―十五
電話〇三（三二六七）八一五三（営業）・八一四一（編集）
FAX〇三（三二六七）八一四二

印刷所
三報社印刷

製本所
誠製本

用紙
王子製紙、特種製紙

発行日
二〇〇九年十月二十五日